# EL PEQUEÑO MONSTRUO

Mira, mira, ven a ver. El pequeño monstruo va a crecer.

**JOANNE & DAVID WYLIE**

versión en español de Lada Josefa Kratky
Consultante: Dr. Orlando Martinez-Miller

**ℂℙ CHILDRENS PRESS®, CHICAGO**
**Muchos cuentos sobre monstruos**

Childrens Press®, Chicago
Copyright ©1988, 1985 by Regensteiner Publishing Enterprises, Inc.
All rights reserved. Published simultaneously in Canada.
Printed in the United States of America.
1 2 3 4 5 6 7 8 9 10 R 97 96 95 94 93 92

Library of Congress Cataloging-in-Publication Data

Wylie, Joanne.
  El pequeño monstruo.

  (Muchos cuentos sobre monstruos)
  Resumen: Por medio de adjectivos e ilustraciones, se
muestra a un "monstruo" en una variedad de tamaños y
formas.
  [1. Tamaño—Ficción.  2.  Monstruos—Ficción]
I.  Wylie, David (David Graham) II. Título.  III.  Serie.
PZ7.W9775Li  1985        [E]        85-14988
ISBN 0-516-34495-1                  AACR2

# EL PEQUEÑO MONSTRUO

JOANNE & DAVID WYLIE

Monstruo pequeño

Monstruo grande

Monstruo bajito

Alto

# Monstruo ancho

Monstruo angosto

Monstruo enorme

Chico

El monstruo gordo es pesado.

El monstruo delgado es liviano.

Monstruo de pelo largo

Monstruo de pelo corto

¡Ay, qué vista!

Chico,

más chico, el más chico

Grande,

más grande, el más grande

Alto, más alto,

el más alto

Bajo,

más bajo, el más bajo

Gordo, más gordo,

el más gordo

Delgado,

más delgado, el más delgado

Ancho, más ancho,

el más ancho

El pequeño monstruo se durmió,
y su tamaño ya no cambió.